君不见

惊竹娇 著

南京出版传媒集团
南京出版社

图书在版编目（CIP）数据

君不见 / 惊竹娇著. –– 南京：南京出版社，
2023.5

ISBN 978-7-5533-4182-8

Ⅰ.①君… Ⅱ.①惊… Ⅲ.①诗集 – 中国 – 当代
Ⅳ.①I227

中国国家版本馆CIP数据核字（2023）第059842号

书　　名　君不见
著　　者　惊竹娇
出版发行　南京出版传媒集团
　　　　　南 京 出 版 社
　　　社址：南京市太平门街53号　　　　　邮编：210016
　　　网址：http://www.njcbs.cn　　　　电子信箱：njcbs1988@163.com
　　　联系电话：025-83283893、83283864（营销）　025-83112257（编务）

出 版 人　项晓宁
出 品 人　卢海鸣
责任编辑　包敬静
特约编辑　陆　萱　张范姝
装帧设计　石　慧
原创绘画　阿竹uzoo
题　　字　王眠眠
责任印制　杨福彬

排　　版　南京新华丰制版有限公司
印　　刷　南京爱德印刷有限公司
开　　本　889 毫米 × 1194 毫米　1/32
印　　张　8.25
字　　数　130千字
版　　次　2023年5月第1版
印　　次　2024年12月第14次印刷
书　　号　ISBN 978-7-5533-4182-8
定　　价　52.00 元

用微信或京东
APP扫码购书

用淘宝APP
扫码购书

本书由南京出版社有限公司出版与发行

序　慵睡山前

曹韵

　　我的第一本书，是娇娇写的序；娇娇的第一本书，是我写的序。

　　每当我想起这件事，心里就觉得十分奇妙。所以我在读整本书的时候，怎么看怎么喜欢，甚至已经超出了好坏的范畴，打破了审美的束缚，没办法，毕竟是自己的"孩子"。

　　可冷静下来思考后，我又着实犯了难，难于我要怎么给所有人介绍这个"孩子"、这本书。依着本心，当然是"无脑"推荐，但想到他终要面对所有投来的目光和审视，我又不愿过分自吹自擂，独独让"孩子"担负许多压力，那么索性就坦然诚恳一些吧。

　　首先，"孩子"是极漂亮的，他的基因源于古典的传统诗词，所以眉眼承袭了前人缀玉联珠的雅赡，灵肉骨离不开风雅颂的喂养，就这么一步一步成长了起来，而今少年着春衫，试与诸君看。

君不见

需要坦诚的是，他不是大家熟悉的现代诗，而是一种相对独特的现代长短句，有的辞典上对"长短句"的解释为"词的别名"，或者注释为"句子长短不齐的诗体"。当然，对于传统的"长短句"而言，这两种解释都是不精确的，"长短句"的历史与发展也很难一言以蔽之。但我个人认为，现代长短句则相对自由一些，有古诗词的影子，但又是现代化的，既有诗词歌赋的传承，也有现代化的思考和语言特色。

总而言之，"孩子"是独特的，就像人本身不能被定义一样，他也是无法被定义的。你可以把他当成现代诗看，也可以把他当成长短句看，或者任何你喜欢的样貌去看。

当然，这些其实也并不重要，重要的是，当你读起这些句子，或许会和作者有一种奇妙的共振，就好像两颗灵魂依靠在一幅画里，无论怎么泼墨，都是景色。同时，这对于写作者来说，也是最有意义和最珍贵的事情，毕竟每一个写作者都希望被读到，更渴求被读懂。

我也想象过，这本书被人读着时是什么场景，什么状态，什么天气，什么心情，答案也许有很多种，但在我的脑海中却常常是这样一幅画面：捧书的人，借助揉碎的文字，与每一位写作者对视、对谈，在那个时刻，两个人相互辉映，满室都生出光来，而光，即所有。此时倘若再闭眼轻嗅，书籍里，会有 一种令人安定的气味。

其次，"孩子"是年轻的，包括娇娇本人，就是年轻人该有的年轻。

我特别喜欢《一更山》里的最后一句：慵睡山前。山前是"七八个星天外，两三点雨山前"的山前，是"梦经山前溪，足冷忽先渡"的山前，是"山后与山前，相思隔叫猿"的山前，是"山前灯火欲黄昏，少年鞍马尘"的山前，是"山前没相见，山后别相逢"的山前。

每个年轻人的远方，都有一座大山，山前的一切都属于年轻人。原野，长明之月，疏影晚风，有情人脸颊上的那一抹桃红。这一切一切的美好事，件件可入诗，所以年轻时，我们又如何能不懒懒睡，不贪恋这些很快就会消散的内容。是的，很快就会消散，残酷又短暂，像极了侵晨喷薄的日出，有的人恰好完整地将它收入眼中，烙进了生命里，而有的人后知后觉就错过了它。

读完整本书后我确信，娇娇是那个有幸将其烙印成诗的人，生命中这年轻、美好又生涩的瞬间，值得人一读再读。之后，日子向远，我们向前。娇娇说："他不能留住时间，于是写诗。"往事既往，长路沈长，就把这一切或雅或俗或幼稚或沉重，通

君不见

通写下来，在深刻、忧郁、对人生失望之前，全都写下来。所以，请莫要怪罪"孩子"过于年轻，我是实实在在怀念并喜欢少年的一切。这种心情正是那句"似星明灭，将将息，又慵睡山前"。

整本书带给我最大的感触就是：少年当时。是的，少年当时，是我已经不再拥有的少年，是总有人正在年轻的少年。

也许一个成熟的写作者，不应该仅仅是在写自己，但我着迷于娇娇和"山前"的一切，甚至不切实际地愿他能慵睡不醒。可能会有读者朋友对此持有异议，但我希望娇娇，包括我以及所有年轻的写作者，不要着急也不要慌张，先去做自己，然后正确。正如托尔斯泰所说："多么伟大的作家，也不过是在书写他个人的片面而已。"先为了自己而写作，不要着急为了正确而写，会有人来读懂你，也会有人来纠正你，但只有当你自己是自己时，这些才都是爱。

人生不得长欢乐，年少须臾老到来。也许有一天我们都能看到更成熟、写得更好的娇娇，但我们可能再也看不到"少年鞍马尘，抱膝灯夜深"的娇娇了，正如我们自己，告别年轻的一切，掉入生活之中，一去好多年。届时，心情、阅历和思考都将大不相同，而我们能感慨的，也不过一句：人非少年时，诗非少年诗。

君不见

所以，唯愿每一个品读这本书的朋友，慵睡山前，举觞白眼望青天，皎如玉树临风前。

真心希望你们能喜欢这个"孩子"，甚至多一些爱。如果你恰是少年当时，希望这本书能陪伴你银鞍白马度春风，越过青山，独上层楼。而少年不再的朋友，我深知欲买桂花同载酒，终不似，少年游。但也愿你能从这些词句里面，偶有回望，老去的少年时光。

最后，想送给大家一首王安石的《山前》：

山前溪水涨潺潺，山后云埋不见山。

不趁雨来耕水际，即穿云去卧山间。

也借给此书作序的机会祝愿每个人，慵睡山前，饮酒山间，踏风山巅。说起来是俗了点，但此心赤忱，希望收到这本书的你，有如收到一份心仪的礼物，陪伴你走好人生的每一处风景，每一日都过得安心。

穿林徐行，而我依然有好心情，千帆过尽，而我依然未尽兴。朋友们，我们诗里见。

2023 年 2 月

君不见

目录

君不见

我的缺点曾向我进言。

他说，

有凹陷，　　　就有高山相嵌。

———————————————————— 周自横

你看这无尽的长空，像不像蔚蓝色的金榜，题满了自由的名。

年年都有人于此看取云舟，海天。你怎的问我不簪花或携剑。哪里，你看我身后，明明有一群榜眼。

得意春衫

004

要当烧赤壁的风，而非情窦卓船，

要为了一片海，就情翻万山。

要庞大，要绚烂，要哗然，要用理想的泰坦尼克，去撞碎冰川。

君不见

海将军

少年一贯快马扬帆，

道阻且长不转弯。

要盛大，要绚烂，要哗然，

要用理想的泰坦尼克，

去撞现实冰川。

要当烧赤壁的风，

而非借箭草船，

要为了一片海，就肯翻万山。

君不见

镜　子

我的人就像我的诗一般横冲直撞，

我就算是火，

也不听风向。

我只管升温、燃烧，和滚烫，

并不在意他人眼睛狭长。

你怎么看我，你就是什么形状。

君不见

风　口

我身体的每个朝向，

都是远方。

我站着不动，

世界上最大的风口，

是我的心脏。

君不见

燃起来了

壮哉！

每次在病恹恹的天气里想起你，

就像是想起身上的一个朝代。

这颗老矣的心，

尚能的卢飞快。

君不见

海　拔

周遭越挤，

山越高大。

所以尽情解读吧。

你的理解与我的理解之差，

就是我的海拔。

君不见

投　影

为何觉得无剑出鞘，

四肢头颅俱是棱角。

就连太阳下的影子，

都是我七尺傍身长刀。

君不见

猛兽和少年

不要只看他美丽的部分，

看一看他从不公放的缺口，

论谈里走出来的灵魂。

看看他每做一次自己，

身上就多一道的世界牙痕。

君不见

耳　朵

世界上的共振太多，

而我的耳朵，

永远长向身体内侧。

和自己同频。

其他万籁芸芸。

我不听，那就只是声音。

白日梦

人生就是一本四大名著：

西游记的苦难，水浒揭竿，

当不成别人的晋，

又救不了自己的汉。

——红楼梦完——

君不见

我最想要什么

他说他如果找到那首《桃夭》，

就给所有情诗都戴上手铐。

交出意象，交出墨水，交出绝笔，

这么写道：

我这一生在逃，

最最想要，天罗地网一怀抱。

君不见

骄　兵

我们还分什么输赢，

爱不就是你来我往，相对持平，

你占一时的前锋，我占永远的后劲。

我偏要大将你一军，

所以别着急饶我的命。

懦夫才偃旗息鼓，我可是骄兵。

君不见

谢　谢

我收下各位的大雪和滚石，

才把身体里的劣马，

驯成一头诗。

诸君，牢记今日，

所有响亮难听话，是我铿锵致谢词。

君不见

一抡刀

如果这一生，

都在退无可退的路上。

那就大马金刀候月亮，

背水，一战夕阳。

君不见

沃　土

不要直接给我小荷尖尖，

给我一些无痛痒风波，没意思雨点，

再给我一片不良田，

够我开得胆大包天。

君不见

做个猫吧

还得学习一下猫。

不写字，爱撒娇。

不为生计打满算盘，

也不为理想奔跑，

只为一条爱的鱼，

没有理由，就挺进波涛。

遇到困难，睡个好觉，

告诉明天，不用早朝。

君不见

走　了

把自己当作异类，

把自己打碎，

把自己拼成东风，

独独不往西吹，

再把自己驮上野马，和世界相背。

从此千万人南我向北，

哪里有大火，我就朝哪里飞。

君不见

特　别

站在暴雨里，我比它更滂沱。

我越倾盆，我的心就越渴，

我越渴，就越下得惊心动魄。

谁来，都不值得我戴笠穿蓑。

你把一整个春天嫁接到我的身上，

它都开不出我。

君不见

错给你看

我是我自己的诗，

所以容许"措别字"。

我爱我的不通顺，残缺，和差池，

你眼中的千万种我，

我一个都不稀罕是。

我不需要镜子，我与我成反义词。

君不见

视　角

让我成为我，

让一座山并存着嶙峋和肥沃，

让起舞的不要总是一种天鹅。

我是八面体，亦是九宫格，

我的每个角度，

都接受不同的光照射。

你的审美太单一了，

可能欣赏不来我。

君不见

本　身

为什么要苟延残喘，

我有风声、枪口、子弹，

足够中世界的十环。

我要成为烽火，

而不只是被点燃。

君不见

矛　盾

总有山不青，总有月不圆，

总有向日葵，

不朝太阳踮起脚尖。

做自己并非去靠齐整数，

而是接纳小数点。

站在大海前，

我的灵魂是与之作对的火焰。

君不见

莽　子

没本事的才乘风，

我一般是天空。

我生有野马的野，和雄鹰的雄，

所以我不屈居人后，

我做前锋。

我要迎着理想的荆棘丛，

猛进高冲。

君不见

野　心

我不在意我成为什么样的人，

是寡断的钝刀，还是利刃，

是任何，

我都同命运抵死难分。

我不称臣，

我要在我的落拓人生里，高歌破阵。

君不见

及　时

我不想等待，

不想在无尽的山脚下看未来。

我只知道水会冷，风将停，春不再，

人生就在于逞一时之快。

明天太遥远了，

我要现在。

君不见

值　得

生活到底得浪漫一点，

雪地里需要晴天，

死板刀哪里比得上风流剑。

得意就快马，不得意就加鞭，

白日梦才值得你我深陷。

就在一次次日升月落里，

再爱一次人间。

君不见

少　年

未必要功成名就，

难道田野一定要丰收，

是麦子就必须结穗低头。

你只管向前走，

就当别人跟在身后。

毕竟呢，

上天翻云覆雨的手，

怎么压得垮，少年的舟。

君不见

明 天

明天我是大厦，是云海，是孤松，

我绝非绵绵细雨，

我是狂风。

我无所谓千夫指，

也不当万夫雄，

除了自由都无足轻重。

祝我永远沸动，永远双脚腾空。

君不见

班　师

有时我觉得，

我是你一支尚未收编的部队，

遥遥心系着远方的和平。

你点个头就是鸣金，

今夜，

我就班师回你的眼睛。

君不见

看　见

少年啊，

别怕不被看见。

人偶尔要居一居屋檐，

暂且负些霜雪，

拭与春天。

会有一日我提好酒，

而你携宝剑。

江湖旷远，

桌上聒噪的总是铜钱，

碗底压着的，才是诗篇。

君不见

尽　欢

我们文山绘海，

把青峰推到青峰之外，

举杯泼出夜将黑，

醉到天色既然白。

我才不管那盛宴能否再，

欲起大火，便不留柴。

你我把好今日的酒，

明朝呢，

就爱来不来。

君不见

倒满了先

我们年轻时吹酒埋风，

谈功名利禄，大抵无用。

贵就贵，穷便穷，善与恶林林总总，

世界尽管相碰刀锋。

"既你已举杯，我岂能不同？"

君不见

你怎么会输呢

你曾逆过潮群汹涌，

在人海里毕露刀锋，

少年意气，第一等雄，

未因和寡不敌俗众，

千夫所指也俱为不从。

你几度交手世界凡庸，

都频频

占上风。

君不见

等我一下

少年应是三月流雨，四月马蹄，

自由踏过，野草禄利。

振一振明月白衣，

问世界敢不敢及，

矍山矍水，就笑开了江南十里。

那时候的春风啊，

怎么够他一般得意。

君不见

形　象

而少年，

就该以身试天下深浅，

追着一阵风，就敢向大漠山巅。

骑难驯的马，踏未开的田，

马慢了礼让大江行先，

马快了就随便。

他应当别首诗于胸前，

簪着风，抱着剑，

却转身挥一挥手，晕开了七月的天。

君不见

存　在

迟风把散落的书摊开，

漂泊的他们从不拘泥于一个姿态。

若生得张狂潦草，

大抵如雷雨惊破天外，

哥伦布率先征服那一片未命名的海。

如果娟秀，

该似亘古不灭的月亮，

一半晦暗，

一半循墙，

欲爬上爱人万万年落尘的窗台。

倘使端端正正，

便是纵我锋芒毕绽，

却依旧归顺你温柔不改。

君不见

且任他拘谨，任他收敛，任他狭隘，

任他汹涌或者澎湃，

任他是否冷清得如一场秋，

萧瑟掠过的放浪形骸。

抑或烈烈似野火，

恣意燃烧着的浪漫情怀。

诗人要听过一整个冬天的雪，

才成为落单不染的那一抹白。

你因什么感到孤独，

就因什么而存在。

君不见

野　马

我从大自然的罅隙中来，

往人间的最绝处走，

历遍劫数风浪无休，

此生注定赴火海与湍流。

我也不当他人眼中什么，

不当指路的月，

不当宇宙，

不当无垠大海，

不当放浪的秋。

就当野马吧，

我不停下脚步，天地就没有尽头。

君 不见

过　眼

我识情仇种种，乾坤如此大，

爱字开弓箭无虚发，

岂愿迎身而上，甘做应声的靶。

今虽立足急溪，非日月怎屑沾衣。

自向众生里当头，行过世间万万宙，

我是傲立不朽的秋，你是我的一瞬蜉蝣。

君不见

想怎么开怎么开

在时间的尽头看我，

我不过甩袖推桌、宴半而去的宾客。

俗尘所见凡多，唯爱不得，

万象非实，触之即破。

我回首往日难追，却皆由我倾摧。

峻峰重岭中涉险，

才知诸事曲折不成全，

我原是一碗沸腾的酒，

凭心洒向人间。

君不见

生日祝词

知难上，戒骄狂。

常自省，穷途明，

事毕于今，不溺于往，早登青云。

君不见

阑珊里的光

我的确选择了成为一个普通人，

但这并不代表我选择了碌碌无为。

我仍然不会屈服于任何困难，

再高远的青山我都要傲然地登临，

再糟糕的未来我都会虔诚地相信。

我偏要一条路走到黑，

然后在灯火阑珊的尽头熠熠生辉。

君不见

读元白诗

少年时，

当写鞍马，写羁旅，写杯欢，

写曾闻寒枝夜发，遣浪催轻舟快泊江南。

写慈恩塔，写长安花，写十七人里最如雪衣冠。

写的风，

都吹不皱眉头，

大有春日可恹恹枕词，慵慵提笔，醺醺惊案。

明日何其多的明日，

从不怕唱阳关。

盛年时，

须鲜衣与年岁驳斥，

方可酿成大唐一碗最悠绵的酒。

当写楚天，写沧海，写清秋，

君不见

写人生须臾快哉，只如浩瀚蜉蝣。

再写杏花陌上，华清宫外，浔阳江头。

一首琵琶泣雨，花颜颤露，

谈及年少，禁泪说不输风流。

暮年时，

应写当时驿亭下马，循墙绕柱，

词隙里觅年少眉峰。

写同舟，写枕臂，写桃红，

写十八岁的春衫薄，不捐清泪与戎马倥偬。

如今悄然折损年年意气，

落魄斜阳，泥泉销骨，病柳扶风。

我寄潦倒金樽，魂身快快俱与君同，

只是门前梅花，再不堪经冬。

世人道元白交情私万重，

前生里，诗情句愫，却是称兄。

君不见

救火啦

我从童年的大火里，扑身救下一页纸。

我用它写耿耿星河，

如见天日；

写背离爱与故里，不是哭辞。

后来他们说，

虽千万人吾执往，我才救下了诗。

君不见

总有一天

总有一天，我会骑上鲸鱼，

不烧油，不烧柴火，

但烧这片浪漫的黄昏。

固执且骄傲地驶向任何一座未命名

的孤岛，

我不知道我会到哪里，

我没有目的地。

困了就枕一丛珊瑚睡个没有闹钟的

懒觉，

饿了就吞咽一汪寂静。

海豚为我引航，海风吹起惊波，

海鸥齐唱一首自由的歌。

君不见

我是所到之处的神明，

我号令鱼群，轻挥云雨，

施指海洋孕育的温柔，

连同海沟里且待发芽的小小生命，

不送给你，

送给为我指路的星。

君不见

谁说我真的来迟，是时间口吃。

如果可以直说爱你，

那又何必写诗，

甚至被你否定一次，

都算对我说是。

有关风月

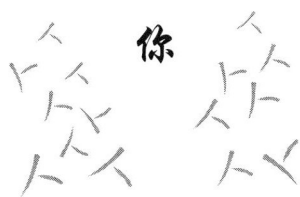

你

君不见

你好显眼

很奇怪，为什么你向我奔来，

就像是把人群拨开。

真真是跑在一众草书里的行楷。

君不见

最是人间留不住

在你走之前。

我想听你亲口，

对着凛冽的山雪，

对着肃穆的植物，

对着除了我以外的一切，

再喊一首快要结冰的今天。

我想送你一块坏了的怀表，

可你就是时间。

君不见

今夜我要做的事

今夜我牵着你，

私奔去这片神州的极北之地。

我要给你看我颤抖着吻你，

我只属于我的神明。

我给你看这一路上的枷锁，

脚底泥泞好一般轻。

给你看就算漫天飞雪，

我这份心动也不会结冰。

君不见

判　官

从第一眼起，

我就站在你的府上。

我的心里有桩悬案，

你怎还不来升堂。

君不见

里　外

外面雨箭风刀，

我只想听你的心跳。

这并不是一个合格夜晚，

但算满分良宵。

君不见

否　定

我想去大广场上，

去最热闹的地方，

我想在所有人的面前，

摁下一个大写的"不"字。

我想否定这一切，

承认你。

君不见

蝴蝶效应

至于朝代堵塞，车马耽搁，

我并不想怪给别的。

两千年前心颤的那一下，

我爱上你的时候，

今晚的月亮，

就该迟到了。

君不见

拟人化情诗

爱首先是红红的脸，

其次是伤心地与难受天。

最后，

爱是十四字长剑，

绝望架在情诗颈联。

君不见

叛　逆

就算不被允许心跳，

我也要，

和你在关于爱的冰川前，

站成一首《离骚》。

君不见

那人却在灯火阑珊处

人和人的最后一面，

就伏在寻常日子的脚下。

伏在漫不经心里，

伏在这夜的人头攒动，街嚣市嚷，火树银花。

那时还不知道，

刚才道路喧哗，竟已驶过他。

君不见

比　喻

以我们的直线距离为弦，

弓搭在珠穆朗玛的顶点。

在花店边，在超市里，在路人前。

对着白日青天，

拉开想的弓箭。

君不见

可以不结束吗

楼下的早餐店改卖诗了，

豪放诗锅中油条，婉约词架上面包。

真抱歉，

没买来过早，

倒是买来了一辈子的逗号。

君不见

取决于你

我已备好了几千米的易燃物：

原野，山林，和串联的纸做的心。

我只负责连营，

起不起风造化来定，

点火是你的事情。

君不见

一生里决堤的眼泪

从唐诗里接了场雨，

我拎着它走了好几百年。

不捐给某朝的大旱，

只打湿一个早晨，在你面前。

君不见

请你准备一下啦

如果私奔，

地选最险的那一处，

风选最大的那一阵。

你我在此会合，世界在此分。

准备好十指，

用来扣紧生命中所有的锁。

就让赤脚的大雨，

也追不上我们身体里的雷声。

君不见

此时我在看飞机票

带太多东西总是行动不便，

所以我丢掉了繁文缛节的行李。

只寡月单衣，

前来爱你。

君不见

忙　人

原本应该在枝头就被你折下，

但你专心赶马。

身后的那阵月华，

吹过来风雪交加。

君不见

经　过

那时我也有风雨，有鱼群和惊波。

也曾一尾甩开高山，

在你的眼里任性地蓝过。

只是你志在琳琅海域，

不在内陆河。

君不见

赛博情诗

后来科技起义，

人类率先被革去爱恨。

机械大山，代码月亮，

数字屏幕不夜城。

全世界的氧，只够生一次锈。

就锈在诗人的心脏上。

用一封情书，

宣告发动朋克之争。

君不见

不等了

一直到最后，你还是没有抬头。

但月亮确实等了你很久。

等来了不被爱和冷气候，

还迟迟不肯下西楼。

君不见

进退两难

想送你情书，

风把我劝住。

退后一步有，

往前一步无。

君不见

能不能别和我中门对狙啦

在这样的兵荒马乱里，

我曾对上一双眼睛。

然后就是风云坠落，粮草失火，

炮口锈出一场不治的病。

真的，

我有千万次按住自己的心。

没用，他们说，这叫将军。

君不见

找　猫

记得最后一次纷纷，

是在你肩头的山脉，

也记得我有在很认真地白。

那夜陪你看圆月，

满眼都是自己的由盛转衰，

冬天就在你的对面，

可为什么，

你身体里的大雪，

下不出来。

君不见

世界上最骁勇的人类

我想见你，

一人一马冷兵器，

直追月光七百里。

我可以一无所有，但要那片失地。

我毫无胜算，

我要丢下这一切，搭上我自己。

君不见

以　前

你会不会在下一首诗里，

想起从前的月亮。

还是说，

我只是你历史上，

盛了一半的唐。

君不见

无用诗

但风一直吹，雨一直下，

像世界在我身上，

用尽修辞手法。

先拟要走的人，再喻将谢的花，

最后铺垫好苦难，

才好生动化。

可是文章十万字，不够打动他。

君不见

掩耳盗铃

要一个大风天，去海旁边，

世界吵了点。

以为这样说爱你，

你听不见。

君不见

伤　口

我爱有缺口的月亮，

爱被共振的玻璃杯，

我爱满是悲伤的日子，

造就的那个活生生的人类。

我爱你的破碎，

胜过你的完美。

君不见

给个机会

实在是读不来诗经，

光看月亮亮得起劲。

此刻若不想你，

倒显得我不解风情。

君不见

替　身

还是会再见的。

日子是新日子，月色是旧月色，

偶然你在路上走，

行人一个接一个。

你在谁的身上认出我。

君不见

亲　征

想快点见你。

我开始质疑飞速的列车，

不够，

我又希望飞机早些降落，

还不够，

于是我亲自动身奔跑着。

今夜吹向你的风，你猜哪一阵是我。

君不见

入木三分

写诗要用铁来写，

那样写出来的爱，眼泪和明月，

都能稍微深刻一些。

君不见

水的起源

地球形成初期，

世界上可能并没有水。

但从前的陆地不擅长抒情，

难受了，

就直接流泪。

君不见

接　力

你的脚步很重，

沾满了这个朝代的遗风。

像一个赶时间的人，

从唐到宋。

君不见

差点意思

可是《蒹葭》读得再多，

也总觉得少了些什么。

你是不是得爱一下我，

才对得起今晚的月色。

君不见

你赢了咯

交出宝剑、盔甲与后背，再交出自己和军队。

交出快马，被用来奋起直追，

交出春天，都融化不了一双冷目横眉。

需要我恭喜谁?

我从来在你的凯歌里，节节败退。

君不见

西　沉

把我们稍纵即逝的一生，

比喻成十二个时辰。

早上相识，中午更甚，

下午，下午我们红着脸，

牵手跑过七点钟的黄昏。

剩下的五个小时，

用来西沉。

君不见

相　思

而此情难止，

可我有时，

也想要一场不能再大的暴雨，

用来止住，

这干天旱地的相思。

君不见

复 活

见到你了，

便觉得冰河世纪也就那么长。

万物更新，百花齐放，

地球抖落了一身的雪，

又起身吹明了月亮。

今夜我爱你，东风浩荡。

君不见

最喜欢的诗

我不要山风海月，

不要五律七言，

不要平仄、双关、用典，

不要鹊踏枝，更不要春日宴。

我只要一个你，就足够压过所有诗篇。

君不见

四两拨千斤

我时而如磐石，

时而如蝉蜕，

大海都拍不倒的我，

你一个吻就击得粉碎。

君不见

怪你过分美丽

我望山，山苍重难开，

望海，海暗哑不来。

望浓云寡淡，望飞涧薄浅，

望远宙不过簪于头钗。

望流珠相照，

却似攒着星辉款款，步入你怀。

或世间万千风物，实在难及你神采。

君不见

我爱你

何必绕弯路？

何必读情诗？

我知道你要说什么，

我也是。

君不见

错　峰

你总是慢半拍，也不爱直白，

所以你不坐第一班车，

不一起看海，

错峰说着爱。

你这种慢热的人啊，

别人都冷了，你还没来得及开。

君不见

最佳观赏点

人只适合远远地望，

并不适合端详。

越得不到才越倒海翻江，

越凑近看，便越失色寻常。

留步吧，

就爱他的事不关己，和高高在上。

君不见

开　门

你朝别人睁开的双眼，

都是对我紧闭的大门。

你会不会，

心里也有座空空的庭院，

里面挤满了一个人。

君不见

冬　至

这天冬至，夜长于日，

适合一个人对坐炉子。

外头风雪鼎沸，

你追我赶地下着九万个字，

而我往炉子里塞满情诗，

再把语速放些迟。

火越大，

我就越相思。

君不见

铮　铮

如果你要走，我不会送你一程。

我只送你长坡寒，大江冷，

送你两句自多保重。

我的先生，

这山高水远，不妨再等我一等。

千里外雨竖风横，你是我的铮铮。

君不见

斐然诗

想捡一根树枝，

在凛冬之时，

那时候天地白茫茫的一片，

我在里头写字。

写了足足有好些日，

又不敢望周知，

只好埋得严严实实。

我是大雪羞涩白纸，你是斐然诗。

君不见

读你的书，看我干吗

我本是下山谋生的猎户，

簪着松，衔着竹，

经过某间茅草屋，见你比较楚楚，

竟一时出神忘了赶路。

于是无妨丢了弓，

也不怕惊了草木，

你尽管读你的书，我待我的兔。

君不见

在　于

我本是不留你的，

只是雪稍稍大了，

你又来得难得，

才勉强你委屈，多坐一坐。

今夜我们不谈天清，不谈水澈，

不谈这暧昧的炉茶与沸火。

我们谈情如何？

是我在于你，还是你在于我。

君不见

死板的山

文字嘛，

本就讲究去简从繁，

讲究一个风雨急而车马慢。

讲究晦涩，讲究难，

讲究三字经长短，

大有千字文浪漫。

我是这样死板的山，竟会为你哗然。

君不见

悦　耳

我知生活不够动人，

常易消磨天真，

老气横秋一颗灵魂。

诵没感情，读无句顿，

称不得流利，

也算不上下笔有神。

我本就乏味工整，

你是朗朗声。

君不见

衬 托

这个世界熙熙攘攘，

少有人给灵魂抛光，

于是众生形形色色，实则一相。

既没有韵脚上口明朗，

也无太多加分偏旁。

就好像他人如庸句，而你是诗行。

君不见

风起兮

我自诩一介泛泛平庸，

无大能耐，也不称雄，

日复一日地看世界疏松，

直至心跳某一拍突然加重。

于是冰川始融，

于是河山渐涨，板块震动。

爱好似明天起大风，而你我在其中。

君不见

比　喻

其实只是天色欲晚，

却偏偏说"你的窗户没关，而我想一起看"。

就算万物白话，就算万籁简单，

就算世界生来乏味，

也勉强因你而文采斐然。

大抵我是九天外的星汉河川，

千里万里，

汇于你这一处诗岸。

君不见

第一页

想写一本书有关于你，

平铺直叙，开篇点题，

上来就写芸芸众生，

才七十亿，

然后不写永远，

只写一天的好天气。

最后在结尾宕开一笔，

还没写完，从头读起。

君不见

有　数

我就说，

你甚至声音都没听清，

怎么会懂我的琴，

你是有真心，

我也是假知音。

君不见

就差你了

想请你偶尔忙里偷闲，

偷出一生的山长水远，

偷出一百年。

想请你常常出来见见，

比如你说，"不如今天"。

反正这天下有的是月亮，

而我又有的是时间。

君不见

时间是不够用的

或许终有一日，

你我扬镳到此，

会须一别，趁早折枝。

我们用诗与过去僵持，

余生就随时间奔逝，

让骤雨尽管同风，而我同子。

你看这漫长人世，

爱你，

竟忽无多时。

君不见

爱是人类唯一饮水难解的渴

你在这里放一把火，

就饿瘦了我万古的诗河。

于是字里行间，或者抑扬顿挫，

通通都藏不住我的拙。

我的爱丑态百出，

又狂风大作。

大抵你是青梅于沙漠，

却百思不解我的渴。

君不见

最实际的礼物

从前你与天下长诀，

他人送你酒杯殷勤相接，

送你浪漫诗阕，

送你一路凛凛的霜雪，

络绎不绝。

送你此去珍重，

各自足靴。

而我也没什么能为你饯别，

于是想了你一夜。

君不见

哑情诗

我没有文学家的功底，

倒是有着思想家的周旋。

我的理想深邃，志气拔尖，

难免灵魂肤浅。

写的东西常常流于表面，

故而算不上什么才贤。

不过你也别嫌弃我想了半天，

才吐出这么一点。

爱不是绘声绘色，爱是哑口无言。

君不见

移　山

常想起世间种种，万籁无穷，

多的是人路途遥远看腻群峰，

也不乏淋过一场屋檐大雨，

就肯孤身和他沧海与共。

其实偶尔贪心合奏二重，

劳烦你务必出席白日的梦，

我是荒唐浪漫愚公，

而你是山一动不动。

君不见

时　间

在太阳系第三颗行星之外，

玫瑰花荣升成宇宙尘埃，

日落永远不会坠入大海。

那里也有七十亿人，

终其一生，

只为成为这首情诗的旁白。

我知道你相信时不我待，

所以我比一切先一步赶来，

而你不挽留我，时间于是飞快。

君不见

错 觉

只因为你来的时候是冬天，

漫山遍野的白正好被你披着，

从此我每遇见一场雪，

都觉得是你来了。

君不见

坦诚录

我没有无止境如泉涌的灵思，

也从来没有满腹经纶那般

可作底气的学识。

我能写出这些稍稍浪漫，

但又可能瞬间凋朽的文字，

全是因为足够爱你。

君不见

首要工程

天地破碎中，

什么叫恢宏？

钢筋上拉管弦乐，废墟底起八级风。

只要是为你跳动，

我的心脏可以永不竣工。

君不见

好　巧

当时我听门频敲，

开门你说世间百般苦，

无奈携爱先逃，

霜冻的脸红得却是刚刚好。

八方四野万籁俱寂，只听你嗔笑，

"是人不禁风撩，

还是见你便要倾身而倒"，

不巧，

你一个踉跄，

就和世界跌入我的怀抱。

君不见

一点都不冷

听说北极的大雪能将一切都掩埋封存，

连同寒彻世间久久不熄的天上月，

或冰层覆盖着却仍固执跳动的某一枚热吻。

而我坦荡无惧地走入其中，

默念着一句"爱人"，

只要还有一片霜花摇曳着叩开你的心门，

我就不是孤身。

君不见

毁　约

回想起从前的遗憾与留白，

都是"当时明月在"。

我们约好了一起走入冬季，

你为什么先下起雪来。

君不见

尽　头

秋意浓稠，

刚好可以酿一杯醉我的酒，

在你来的时候。

脉脉的余晖，晃晃的楼，

婀娜窈窕小杨柳，

说不清这江绝色，衬你够不够。

我以身试浅迈入长流，

你是瑟瑟的水，我是难支的舟。

几欲沉沦的黄昏将休未休，

又窃窃落于你的背后。

你回眸，就是群山的尽头。

君不见

橡　皮

你可以拥有任何的形状，

因为我直视你的灵魂。

我深知你有银镜般的清澈透明，

所以无论你是什么，

我都足够相信你的坦荡与忠诚。

我爱你，

我就爱你的每一种可能。

君不见

昨夜来信

我想寄给你一场金陵的雪。

寄给你千年前的窗外雨，足下溪，杯中月，

寄给你一捧热泪映着相思，

你看见时，

就当作我们从未告别。

我想寄给你一场金陵的雪，

寄信人叫昨夜。

君不见

准　备

我们在摩天轮的最高处亲吻，

电流点亮这座不夜城。

从你的发隙瞥见，

皎洁的月跌落窗台，

斯文湖泊涌起巨浪翻滚成海，

同温柔软风缠绵至死去活来，

滚烫的红霞仿佛在说：

"抱紧我，和我飞出天外。"

君不见

身　份

我曾假酒盏，将爱意频推，

眼底说尽隐晦。

欲渡世人众目睽睽，

借我名分登对。

君不见

童　话

小鹿跌跌撞撞，

木偶的鼻子会变长。

我翻开童话书，

首页却写着：

"爱是神洒在她肩上的光。"

不信你望向她时，

世上可不止有一个月亮。

两个爱人

我有两个爱人，

名字叫你和黄昏。

一个在黎明时把我抱紧，

一个在日落时普度苍生。

君不见

是

芸芸众生，我只见他一相。

行止有礼而内秀琳琅，

浩气举世无双。

他虽自侮，行于人海便失色，

仅有一身晦暗的光。

但在我眼里，

他是皎皎不自知月亮。

君不见

大于号

　　我对你之心岂止溢于言表，

　　那可是书八千卷都嫌少，

　　上街便天下昭昭，

　　不爱我，

　　不可窥其全貌。

君不见

弄潮儿

你是自天际而生的长河浩渺。

汹涌奔腾，分外招摇。

我是听闻远赴的旅者，

管他青天迢迢，

自打马赶来弄潮，

你怎么忍心逃跑。

君不见

骑电摩

坐在你的后座，

要以什么坐姿?

或者是

全世界的风都静止，

只有你在飞驰 。

必须做的事

我的人生里一定要有这么一天，

你拉着我毅然决然地登上雪山等待日出，

追逐盘旋山巅的雄鹰，

痛饮长年难化的雪。

我们肩并肩坐着，听风呼啸穿过山谷，

号叫得好不快活。

不用多余的浪漫，

就这样谈情说爱一整天，

时间会过得很快，日暮紧接而来。

我在天际瞥见，

黄昏慵卸下一身疲惫，

瞥见余晖摇摇欲坠。

君不见

那时的我会心急又懦弱，

等不到夜晚来临，

只好趁着寒风吹过，

我才凑近你耳边轻说：

"如果抓不住日落，就请抓住我。"

三行情书

像是百花撞了春风，

见万物时，万物是杯弓，

见你时，你是惊鸿。

君不见

有一杯酒，仅少年能醉。

长大了饮，都是空杯。

难道真的只此一口吗，过时不候的青春？

该说你大方还是吝啬，给了我这么多酒客，

却多给一杯酒，都不舍得。

朝露十八

爱

君不见

坏天气

阵雨青春白开水，

晴空盛夏菠萝啤。

人生风雪缤纷，

爱只其中一个天气。

君不见

真的不想毕业啊

这是最后一天，

青春，明月，和我们俱在。

往后就是朋去朋来。

举杯吧，

就着这些年的爱恨当下酒菜。

把自己，都祝进这声兄台。

君不见

春光在劫

十八岁如白纸，

所以你可以是太阳，是勇者，是骑士，

可以为一场不确定的诗，

赔上未来的城池。

少年春光大抵如此，

一生乍泄一次。

君不见

新朝代和旧居民

他们说，

这里的十字路口即阳关分道，

大厦就是从前茅草。

还有马车公交，短袖长袍，

黄金榜上簪花广告。

今日上街看绝句，

来往都像我的唐朝。

君不见

必需品

好想和你一起，

去把大厦爱成断壁残垣。

情诗丢进去烧了，

尽情地披上醒世狼烟。

再不带笔稿，不带纱布，不带刀剑。

只带上各自眉眼，

互相擎住这将倾的天。

君不见

皑　皑

于是我们倾杯饮海，

把漫天的雪喝到懈怠。

寒风中我先举杯，

昂首只说，何其幸哉。

"今虽与君分二流，我知终合一脉。"

而天地肃静，

又忽闻你一句"且待我来"。

正此刻，

身后是一座山的白，

身前是清秀亭亭会有时衰，

但倒也不必思索，

哪个才是我的皑皑。

君不见

是我来也

你是不是，

也曾负着天空的眉骨，

没进大地的喉结。

今夜风吹草动，

是你来也？

君不见

过　程

暗恋还打什么胜仗，

摘得下来谁还叫它月亮。

要冲动，要草率，要目盲，

要在四面楚歌里大爱一场。

夏天嘛就这么长，

不尽兴不值当。

君不见

慢慢来

是月迟早圆，无非晚一点，

所以我不急这一时啊，

我放长线。

再走多些路，再克多些坚，

自然到山前。

祝他们鼎沸好了，

祝我们有明天。

君不见

消融的雪

少年人终将迭代，

英雄一个接一个来，

成长似奔流入海，

青春不过身外尘埃。

其实冬天过就好了，

未必要雪永远白。

明月一直都在，

只是此地不宜你久待。

君不见

火　柴

于我而言，

少年是虎口涉险，

如野火之于草甸。

海在手，山在肩，

莺飞燕走惊起好一大片，

却又落在他的面前。

我不敢看他一眼，

我生怕我燎原。

君不见

那云呢

你把窗户一关，

全然不管外边发生了什么。

是啊，

你的夏天是结束了，

那窗外面的云呢？

君不见

青春玩家

你哪里爱十八岁，

你爱的是有风吹过的正午，

爱落日隔着玻璃窗户，

爱月亮，爱诗书，

爱把一个人，一读再读。

你爱啊，

少年一场无旁物，可以尽情输。

君不见

过　期

其实玻璃汽水适合摇晃，

抽屉里多的是吃不完的糖，

试卷上偷懒再打一会盹儿，

校服就会挂着朝露的香。

少年人来则来，而往也往，

翻过一万座群峰，

又会撞见世俗的高墙。

你说，

这天下是不是只有先告别春光，

才明了日子原来格外地长。

君不见

三　季

少年是春天疯长的桑枝，

于盛夏摇摇欲坠，

却落在我初秋的果实。

而如果是和他彼此，

一路小跑，唱着些诗，

就永远永远，

到不了冬日。

君不见

你要更皎洁一点哦

我知人生一面终分南北，

也怪罪腹无诗书而言之悱悱。

幸逢今夜天阔云低，山横星垂。

且不论它是满是亏，

你若同月争辉，

它定不敢对。

君不见

独　白

下辈子当一只猫咪，

专门绕开人类走。

你爱或者不爱我，

我都不低头。

君不见

难　禁

我久闭不开的客栈从不待人，

任凭他敲门时披雪满身，

掸落一袖的风尘。

可一想到他来得仆仆，

我就忍不住要点亮那盏灯。

君不见

生日礼物

我送君眼泪、掌声和花枝，

送君动人落日。

送君一轮好明月，

两瓣十五各自持，

君送我到此。

君不见

湖　水

要说起我是怎么记住你的，

我就会想起那个晴天。

炯炯一对明眸率先抓住了我。

目光越发难逃离起来，

流转的金不动声色地在那一双汪洋里暗送秋波，

叫我这一生都记得。

君不见

下雪了

今天负责把昨天认出，

明天负责重复。

每一天的我，

都在为了一个旧冬天，梅开二度。

过去我常想，

我的花应该开在无人之处，

而非开给花园和人物。

于是一直以来，我这样欢呼，

这里只欢迎寂静，

沉默，和恨不能永绝后患般，

手刃我的孤独。

君不见

夜以继日，我又争分夺秒地，

把它们垒上肌肤，

把自己当作危楼，固了又固。

但你靠近了一步，

然后又靠近了一步。

那时候，

我身体里的大雪，

第一次想要夺门而出。

君不见

宇宙平方（组诗）

造　字

*2022 年 6 月

一个人只能成字，
一群人才可成书。
所以仓颉造字，
亦造孤独。

共　鸣

*2022 年 4 月

春光是没起伏的春光，
月亮是二维的月亮。
所有的文字都太扁平，
不够表达我立体的悲伤。

君不见

注　脚

*2022 年 4 月

我是月球的背面，

人类的脚后跟，

我是大部队先走，

留在原地的那一部分。

我是世界这本书里，

一个找落脚点的人，

必要时，

不被写进正文。

错　过

*2021 年 3 月

宇宙开了一个小差，

没兜住银河洒了下来。

难怪这颗星球少的是用来相逢的陆地，

而多的是海。

君不见

*2021 年 6 月

蔚蓝诗

我要把赤道灌成极地，

要这拔地的森林陡然凝成浮冰。

我要在七月飞雪，要在凛冬蝉鸣，

要把远航的暴风

视作一场不可避免的地球过敏。

我向着太阳，向着月亮，

向着外太空的虚无里

遥遥致一声恭敬。

我轻轻晃一晃杯子，

宇宙都醉乱了套，

我却不能再清醒。

"客气了不必逢迎，落座吧，诸

位来宾。"

君不见

爱人的双眼

*2021 年 2 月

宇宙何其大啊，

你出生时眼底的刹那光影，

至死未抵达北极星。

宇宙又何其小呢，

受困于人类的选择性失明，

或当我停滞在一双眼睛。

君不见

出　发

*2021 年 8 月

我知道太阳迟早成为冷寂的黑，

足下的地球要塞也终将会被摧毁，

亿万年前交手的浪漫黑洞，

如今荒芜在哪个星系的边陲，

宣布报废。

所以我们跑吧，

跑到银河凋零，

跑到宇宙枯萎，

你如果不想降落，我们就一直飞。

君不见

我　要

我不要你敛锋芒。

我要你桀骜不驯，落拓难降，

要你轻狂，要你酣畅，

却因我费尽思量。

君不见

单　车

少年的秋日，

麦浪翻滚着这颗星球上最原始的冲动，

我始终记得与你相遇时那天月亮的名字。

长长的石板路上，悄悄望向你的眼底，

无数次的沉溺窸窣作响，

你一个都没有放过。

我如此散漫地骑着车，

而你坐在后座，

当你抱住一颗星星的时候，

有一瞬间，好希望日子就这么缓缓地过。

君不见

会再见的

与君识于金陵春，

方一夏，便各奔前程。

念前人多少诗阕，只敢悲秋风，

即到我，

不觉此别是不见，

会相逢。

但有三愿，君行同：

"一愿眉上青不改，

二愿金榜折春来，

三愿无病无烦忧，勤梦我，对酒在高台。

今虽与君分二流，我知终合一脉。"

君不见

假月亮

我早知道，人类历史上，

存有一个"弥天大谎"。

它关乎爱和恨，暗与光，

关乎七十亿人的宇宙理想，

和亘古诗性的存亡。

世上本没有月亮，却会因什么在望。

君不见

当严肃的冬夜收起寒风，偃旗息鼓，十万朵春天会穿过一月的战线，即刻班师。

杨柳正覆绿铁衣，蔷薇方执红缨枪，此刻寒光散尽，浩浩荡荡。

一株牡丹早登临在狭隘的墙旁，睥睨着这个刚刚回暖的世界。

大地不动，微风来袭，带去一句无声呵令。

"春天们，回京！"

柳岸花鸣

门

请还。

君不见

借　口

我敲门时，天色未晚，

开门你说不早，请还。

你一生不爱下雨，

为何把我困在江南。

君不见

推　敲

要怎么形容诗呢？

首先是九万字未经琢，

起初并不觉得热，

然后愈仔细地钻啊，愈想着火。

于是反犬旁爬山坡，走之底要过河。

大雪天高朋满座，

皑皑关不住春色。

君不见

等春来

上帝描绘山河时打翻了一碟绿墨，

春天就这样来了。

能够肆意拥抱着骀荡春风，

这个季节总能让我感受到这世间的

小小温柔。

可是呀，

一旦我想着快要见到你了，

春天便不比你有看头。

君不见

春　天

海棠树下开着燕雀一行，

蛰伏的山林正欲扑扇翠绿的翅膀，

天色一改往日的严肃凛然，

也似明媚着含苞待放。

恰此刻春风打碎了潋滟湖缸，

不小心溅了岸上，

一地波光，

大雪昨夜，且去无妨。

君不见

山

我的脊背杂草丛生，

所以我绝非你渴望的那片深邃湖泊。

我的左臂托起不回头的雄鹰，

从来不托明月、杏子，与诗上南国。

这里适合勇士，

适合无畏的攀登者，

因此我不是无量大海，

我应是挂云的群峰，是奇绝的险塞，

是你毕生走不完的巍峨。

那些你曾在我身上看见的骇浪，

都是我撞入狂风时起皱的松波。

君不见

一对笔画

一十八页明月阵，四十四则青山锁。

这三百首淋漓的人生，

怎么读，都读到倾盆的我。

难怪，

才刚开始想你，

雨就如此大了。

君不见

颜　色

我写下红，樱桃和叶翻涌，

丹顶鹤触破昏空。

我写下绿，方知夏日无穷。

举风趺坐小池，

我暗暗地写下一抹蓝，

就圆了一个澎湃的梦。

我曾写下黄，在五千年神州，

不久，华夏立脊与撇捺东流。

我写下紫，香炉牵烟，马蹄琵琶声声催着，

一杯怎么足够。

当我写一场寂寥的黑，明月不敢照彻高台。

我写下鱼肚白，山木便承雪如盖。

君不见

够听见吗

今夜失窃的风声，和江南久等的梅雨，

我都有很大嫌疑。

我承认，

世界上一切声音都在我这里，

你的耳朵呢？

爱你。

君不见

以　为

请向我靠近，大步流星。

用一个名字，先叫开我十万公顷，

再叫坏长亭短亭，

然后把柳絮、江水、日暮通通叫走，

让所有离别诗都失去眼睛。

当你向我靠近，

你的每个脚步，

都踏进我的生命。

君不见

花开堪折

你的一生从来都是大宴四方宾客，

摆狼藉满桌，好不快活，

似穿云点水的舟，偶尔路过某一条江河。

唯独我是那个冒失的来者，无端落座，

迎合着你举杯，

斟酌了好久才敢开口说：

"江南的早梅还开着，只是你再不折下那枝梅，我就要

走了。"

君不见

折花人

梅园里人多，

有人耽误春色，有人涉河。

走马来，又走马去，

哪个都是显赫。

我却闭口一字不说，

也不贪欢行乐，

我只远远地瞧你一眼，

就把手里的花折了又折。

君不见

可惜明年花更好

那是有史以来最大的一场天寒地冻，

我举起桃花，

却痛失东风。

所有的春天都死于脸红。

君不见

下一个

我不逞强，

我拿什么拴住滔滔大江。

难道见山就一定要迎上，

非一个人从此不看月亮。

草色消长，莫误春光。

爱啊遍地寻常，

被爱才是奢望。

君不见

矛盾的想法

就在婉约词里放一场洪水，

从楼台拍垮到眉弯。

最后再枕一片单相思中的芭蕉叶，

睡进那位，

狂风暴雨的江南。

君不见

怎么回事

我擅长在雨天绘晴空好日，

擅长修不属于我的辞，

擅长为难留人的山，川流不止，

擅长逆着风写字。

嗯，

原来如此，

我一想到你也爱我，我就写不出诗。

君不见

一更山

子时的原野肩挑长明之月，

寥夜向我借开一眼。

疏影在沉默中虚张声势，

偷偷吻散了晚风，

山来与我拥成一片。

偶有行客往于林间，

似星明灭，将将息，又慵睡山前。

君不见

等他自己情愿

我想寄给你无字的诗行，

干干净净的，

连同苏轼打湿的松冈，元稹沧海，

和李白的月亮。

我一个字都不往里头装，

却要让你听见思念朗朗。

就好像一万首诗篇的大唐，

又或是春日树枝挠窗，

可如果你怕吵的话，

我就轻点儿想。

君不见

你可以不知道，我知道就好了

我自然知你，

我知你乍见便觉分外适宜，

足够成为一生题记。

也知你到处，海棠垂红，白茶探蕊，杏李压低。

知你轻盈飒沓，

就连后山眦竹鬓柳的风，

都难以企及。

我多知你，

察言观色里，

我偏要抢先一步落棋。

因为从来是我，

固执着非要在你茫茫雪地，

贪心留下一瞬鸿泥。

君不见

"当我准备盛开，

三月才真正到来。"

杭州

见

件

你是我永不迟到的春天

在你的笔下我也窥见雪山，

也听檐下雨落在某块你轻盈踏过的

石上，有风轻喃。

若你向前走着，

我只顾跟上撑伞，

再越过几座桥，

浑不知衣袖已淋湿一半。

你一句天色不晚，我就到过真江南。

君不见

柳的心境

当时走过柳色，

一条条，绿春心。

而今走过柳色，

觉是不屈的生命，

挥向天空的鞭刑。

君不见

那辈子你真不该去那个河边，我也不该生在那里。雪封河，雾锁山，你为何偏偏要破开那客气的冰，将我涤灌？

辑五

你不知道，后来，我私带着这些早该忘了的春秋，跃进了这次轮回。你不知道，前世你给我多浇的水，溢到今生都还在流泪。

植物情书

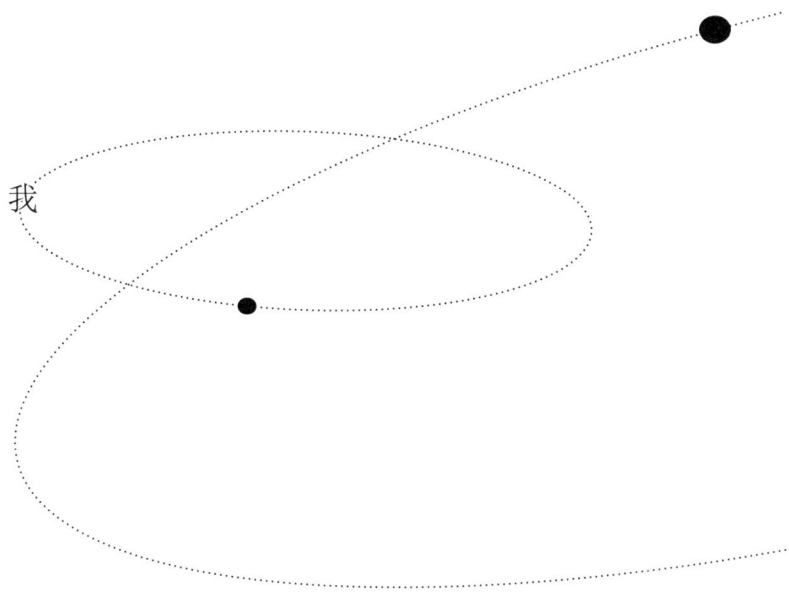

我

君不见

芥 子

须弥藏在你的眼中，

我是芥子开在背阴山后。

要怎么读你雾里春秋，

我隔你迢迢不止一宙。

你

君不见

2020 年 6 月

凌　霄

年少春衫薄，冷眼看凌霄。

别辞只是暂分道，

风好，再同你并刃合刀。

山前的一身肝胆，

留与山后相照。

君不见

山茶花

山茶花下我们骗过朗朗春天，

康庄大路上骗过可畏流言，

张皇失措里骗过睽睽众眼。

骗到天地网开一面，

骗到风羞月敛。

你我山河同肩，光就昭然若现。

君不见

柏　树

　　若有飞雪落柏，

　　苍翠披得一身素净。

　　是人尘欲掩你挺拔，

　　不遮你长青。

君不见

迷迭香

你把迷迭香藏在纸背，

我失神在这水墨里的乾坤。

笔刃下纵横的是国画，是凰音，

阵列眼前的婉转或嶙峋，

和你一样动听。

君不见

薰衣草

普罗旺斯的紫麦还拢敛着花苞，

直到风将山谷吹醒。

若黄昏也沉耽于此，

倾倒的云请扶我叩问大地：

"是否为爱失明，

丘比特才愿睁开眼睛。"

君不见

雪绒花

再勇敢一点，

手持雪绒花的战士。

用阿尔卑斯的山雪向平原开炮，

撼碎关城与壁垒，障岭与封条。

用霜风热泪宣誓，

爱我，绝不落入俗套。

君不见

桔　梗

当桔梗点燃永恒，轮回消散，

你我开始一场绝不回头的同程。

从此目光留给皓月，

背影留给世人。

千金散尽的时候，我们靠爱谋生。

君不见

合　欢

行人匆匆踏醒云间的岚，

理罢慵容的山，无奈朝风吹乱。

于是鹊群迷失在你的眉棕，

鬓花欲燃，沾你一袖的红。

要把什么比作你，

才能为我小舒愁容。

君不见

桂　花

你说想击落月亮，

碎银流转桂香浮动的清塘。

可这世间仅有一轮你，

我该如何扶云而上。

君不见

绣　球

我眼底的夕阳，在告别后才肯落下，

爱意早在下山前到达。

你能否为我写一次诗，

落款是无尽夏。

君不见

柳　树

尽管绿纱遮面，

你是五月的容形。

你的柳枝撩动我眼里的水，

拨开了水中的云，

却又失手滑落刚捞起的太阳，

给湖面镀了层金。

所以想这夏日，你须占得三分亭亭。

我虽还未登船，

却已好像见过湖心。

月　季

我是你途经的驿站，

你轻捧我的下颚解渴。

我的旅人，你的河流快要干涸，

我从下游行至上游，

然后种下一首月季，和一朵诗，

写着你见过的我与晨霜夜露。

在下一次为我启齿之前，

爱都遁形无处。

枫　香

原谅我在层林尽染里，

替你擅作主张，

说爱羞风涩雨，浸透了十月，

所以万山的绯，与我齐困夕阳。

原谅我在千呼万唤中，假公私入栖霞，

而你会登上岳麓，不约且如同以往，

我们等一场见物即彼的枫香。

君不见

蔷　薇

潮汐扑灭高悬的烈火，

星子和我赤脚下水。

十万里的海底春光明媚，

除了可能一无所有，

鱼群绕月盘旋好几个来回，

染井吉野永不下坠。

可这夏日少了束我，

我的袖口会为你开出蔷薇。

君不见

杨

你湿透的白汗衫，

和沾得春水的杨絮，

我打赌是五月里，

世间最无瑕的玉。

梅　花

你看我行过山山水水，

利剑依然向北。

在告别多少个冬天后，

踏雪寻梅，不见不回。

君不见

梅　子

梅子落时，

是夏天捂着熟透的羞赧，

未敢启齿，也不言一字。

或许是待将军止渴，

又或许实在想你，

所以故挂高枝。

君不见

玫　瑰

油灯走漏了风声，

月光敲不开门。

你吩咐玫瑰把窗别紧，

开口却是一句引火上身，

无人，倒是如此斯文。

君不见

莲　花

初识花底塘头，

碧露分娇，鱼开容动，

你轻泛田田莲叶，笑说他日相逢。

自此每见平波短棹，

都疑是你仙踪。

君不见

栀　子

你我相邀于穹顶之下，

我秉星赴约，

只如栀子零落，归去河汉无涯。

既见你，

宇宙也不过这般大。

君不见

桃　花

惊鸿还是游龙，

桃花门前的第二阵春风。

我把古今所有的诗一一枚举，

通通难绘你的形容。

寥寥十万字，

写你，无一不觉平庸。

君不见

昙　花

你如昙花迷离雾中，

我已行至路断途穷。

到底要燃尽我，

你才发觉两眼空空 。

君不见

蝴蝶兰

裁罢晕开的霞缎，

远鸿为你别上云簪，

无意衔来的一枝清月，

于你额上再添一冠。

倦飞的我误落你如此眉山，

从此永不知还。

大抵你轻弄红绸的手，

一如款款蝶兰。

君不见

樱　花

想你想到开满一身春樱，

你和万物复苏遥遥相应。

君不见

镇上的少女都出嫁了，只带走天真这件唯一的嫁妆。我在帘子后看得很清楚，她们都风风光光，亲自送走了自己。我回头记下了这天。

辑六

那天我在日记本上写下：

"我永远无法失去，哪怕最小的一部分我。"

碎玉零珠

君不见

*2022 年 8 月

一

那好吧，就为你，

再勉强争一争这朝夕。

*2022 年 8 月

二

虽然实在孤独，但也感到幸福。

*2022 年 7 月

三

你不是倒刺，

你是我生命里美丽的回锋。

*2022 年 6 月

四

人生中注定有一轮月亮不能圆满。

君不见

五
*2022 年 5 月

望着今夜的月色亮了三分，

我就知道，

又有人要在一场相思里冲锋陷阵。

六
*2022 年 4 月

大风过境，思念袭城，今夜尤其冷。

七
*2022 年 2 月

他们祝你挺拔，再挺拔一点，

我只祝你永远少年，永远一骑当千。

八
*2021 年 9 月

我为行者君为山，

这天下，肯登攀。

*2021 年 5 月

九

他从来都不是月亮，

他是你的镜子。

*2021 年 5 月

十

当爱不再是盔甲，你我就都是逃兵。

*2021 年 5 月

十一

我给你最忠诚的血与肉，

我的猎人，请你不要故意歪掉枪口。

*2021 年 3 月

十二

何必强求一棵树长青，

你有一整座森林。

君不见

232

十三

*2021 年 3 月

你是献给人间最天真的诗，

美就美在根本不需要修辞。

十四

*2021 年 2 月

今夜人类语言匮乏贫瘠，

除了"我爱你"。

十五

*2021 年 2 月

我爱蓝色，我爱他的沉闷，深邃，郁郁寡欢。

我爱他就连走入人海，众生千面，只有他形色

自看。

十六

*2021 年 1 月

把隐晦的情意藏进诗中，

我只允许爱的人读懂。

君不见

233

十七

*2020 年 12 月

你是我字典中遗落的那个字，

你是爱中那首最壮丽的史诗。

十八

*2020 年 12 月

和你逆过汹涌人潮，

尽头是世界变老。

十九

*2020 年 12 月

你浪漫又妙语连珠，

你怎么会庸俗。

二十

*2020 年 11 月

他写着写着直到死去，

于是他的墓碑上留下这样一行字：

"我没有时间了，我要去爱她了。"

君不见

二十一

*2020 年 11 月

我的世界混乱、颠倒、毫无秩序，

你的存在就是唯一真理。

二十二

*2020 年 10 月

宇宙一直膨胀，

爱就从未满足。

二十三

*2020 年 10 月

在你的双臂间，

远胜过众人跟前。

二十四

*2020 年 10 月

少年一把锋利的刀，

谁敢与他领教。

235

二十五

*2020 年 10 月

月亮，月亮，

你越想一个人的时候，

它就越亮。

二十六

*2020 年 10 月

想捂住眼眶，

用你的双眼来看月亮。

二十七

*2020 年 9 月

我仍与君连袂同襟，相见相青。

二十八

*2020 年 9 月

你口中所说的温柔恋人，

是锋芒磨尽后的不自由身。

君不见

二十九

我的月亮永悬不落，

有爱就能螳臂当车。

三十

什么事都想和你一起做，

尽管是熬过这无聊又昏昏的日色。

三十一

想和你喝醉，

想把爱你两个字说得天花乱坠。

三十二

我只为你开窗，

我一个人的月亮。

君不见

三十三

*2020 年 8 月

像是薰衣草在湖底盛开，

乾坤再倒转过来。

与你举杯的时候，

我失手将葡萄酒倒入天空，

刹那便醉得一片朦胧。

三十四

*2020 年 4 月

投向你的眼睛，

我望见一池波光粼粼。

三十五

*2020 年 1 月

冬天难挨的思念落满山，

春天扫开雪和喜欢的人一起看。

君不见

三十六

*2021 年 11 月

为你下雪哪够啊，

我要为你永永远远地冬天。

三十七

*2019 年 11 月

我爱你到黄昏日落，

闭上眼，

再重新来过。

三十八

*2020 年 10 月

料是青山略输我峥嵘。

三十九

*2021 年 12 月

不成气候，不成诗行，

成为一棵树，

郁郁苍苍。

后记

此刻我正坐在电脑前，看着眼前空白的文档，好像回到了十八岁的高中。那天夜里我点着小灯，正记录零星随感，没想到能持续写作到现在。或许所有的昨夜都决定今天，这一写就快五年了，从十八岁到将近二十三岁。

记得那次应该是我第一次提笔，故作高深地写了两三行话，就满意地睡去。之后我便一发不可收地爱上了这种感觉，像是搬了把椅子独坐闹市之中，车声和人声都与我没太大关系，我只需要安静地坐着，享受这片刻的独处时光。

其实高中时有一件关于语文的糗事。我不喜欢数学，但我记性也不好，面对每天要背诵的历史、地理，没办法选了理科。在高二的数学课上，实在听不下去就拿了刚买的《柳永词集》出来看，却被数学老师抓了个正着，印象里我的语文老师后来知道了，很认真地帮我解了围，这件事情我记忆尤深。

君不见

　　或许和文字的暧昧就是从此开始的吧，又或许是记不清的某个更早一些的深夜。我擅长遗忘，比起记住一万年的矮浪平波，我更想记住波澜壮阔的一刻。所以我提笔了，在每个内心想呐喊又无人可诉的时候，在每个痛哭流涕又为人不解的时候，至少还有文字可伴。其实我始终相信它们会说话，只是没有嘴巴。我想，看着创作它们的人这么难过，它们应该也想一起哭吧。

　　突然想到我以前也是一个很健谈很活泼的人，今天回首，这一路写过来，发现自己慢慢地也不爱讲话了。若一则短暂的沉默可以胜过长篇大论，那我认为，就没有必要开口。对自己说得多了，对别人说得就少了起来，从前如此，以后我定更加如此。

　　话扯远了，我和陆萱姐姐（我更喜欢叫她姐姐，因为这样有种有血有肉的亲切感）是在 2021 年 11 月相识，曹韵邀请我为他的新书《偷诗歌的人》作序。我从来没有写过这些上得了台面的文章，突然的青睐让我倍感荣幸。那时对她的印象只停留在是一位作者的编辑，并未过多言深。后来，我被南京出版社邀请去参加此书的宣传，在开始的前一天，我偷偷去了现场，看了看布置，也远远地看着我的海报。我看了好久，感觉是梦。

　　接触下来，我发现她是一个很善良与天真的编辑，会诚恳地给我建议。不久，我就向她提出了我想出书的想法。这个想法已经酝酿很久了，之所以一直没有实施落定，是因为我觉得自己做得还不够，或许太幼稚，并不能有很好的心态与充足的底气去面对这样庄重的时刻。我很高兴与庆幸能遇到这样一位编辑，能让一位普通人的感想被更多人看见。我几乎不怎么写这么长的文章，坦白来说，像是我少年时代的回忆录。将过去的日子平铺在这几千字中，又亲手将它画上句号。

我知道自己还需经许多雕琢，若这一生不能成为一块惊世的美玉，那就成为一块平凡的良石吧。我感谢有人能读一个普通人发的牢骚，或许当真无病呻吟，或许当真无甚技巧，但这已是我能做出的全部。

这一刻我坐在电脑前，无数个过去的我在对面与我相望，我真的走到这一步了，你们一定也没有想到吧。除了感激我已不知能说什么，唯有沉默。

最后说说这本书吧，选取作品的时候，我删去许多现已不太满意的作品，但有一些仍在陆萱姐姐的劝说下保留下来。她说"那是你啊，没有那些就没有现在，文章贵在记录当下的心情与思考"，遂留之。另有一些我已略做删改，放在最显眼的地方，那是我人生中最沉重或闪亮的一刻，希望能被看见。

君不见

我想不论再过多少个春秋，那些可能与不可能的事情，和那个人，都将一直在这两百页余的属于他一个人的《史记》中上演着。以一声响亮名字破开最初混沌的天地，再以文字为石，补满人生的裂隙。生活啊，以后定还有无数次洪水，还有无数座不周山，但这面名叫青春的旗帜，都将永远飘扬在今天上空。

最后说回书名，这本书的名字起初就打算叫《君不见》，旨在表达文字与你我之间，并不能被看见的那部分，正是因为那些，才有如今你眼前的存在。我甚至有为它起了个英文名，叫 *The area you ignored*。我希望我是一个立体的人，而不是平面的文字，我渴望有人能透过这笔画构造的帘子，看见后面的我，我一直都在这扇窗子后面坐着，看这个喧闹的世界。然而后来的一天，在和编辑姐姐与曹韵聊想法的时候，曹韵给了我一个很好的建议：不如书名换成《野渡无人》吧，和你的写作状态相契合。这是因为在去年十一月份，我给自己取了个笔名——周自横，我希望自己怀揣着"我自横刀向天笑"的无畏，去不惧"野渡无人舟自横"的孤独。我与编辑一拍即合，都非常中意，遂欲定之。但实话来说，其实早就不害怕孤独了，我现在做的一切，也同样是在世界这处竖着流向远方的野渡里，横一叶舟子（我与这个世界互相垂直，仿佛对着干，写出一个漂亮的十字）。不知去向何方，也无所谓去向何方。高歌也好，痛哭也罢，我都将永远在此写就我一个人盛大又渺小的史诗。

后来的后来，或许是命运使然，还是换回了《君不见》。名字不重要，重要的是真的被看见。所以无论是《君不见》还是《野渡无人》，我都无比感谢你拨开我面前繁茂的柳枝，或登上这叶舟子，我在这里等了真的好久，好久。

惊竹娇

书于广东

癸卯年　农历正月廿四

那时我也有风雨，有鱼群和惊波。

也曾一尾甩开高山，在你的眼里任性地蓝过。

插画：阿竹 uzoo

《经过》

*2022 年 5 月

只是你志在琳琅海域，
不在内陆河

在你的笔下我也窥见雪山，
也听檐下雨落在某块你轻盈踏过的石上，有风轻喃。
若你向前走着，
我只顾跟上撑伞，
再越过几座桥，
浑不知衣袖已淋湿一半。

插画：阿竹 UZOO

《你是我永不迟到的春天》

*2020 年 11 月

你一句天色不晚，我就到过真江南。

你好呀，亲爱的读者！

　　我给诗集创作了一首主题曲《君不见》，希望听到的人都能成为自己的诗。

君不见

——《君不见》主题曲

过海有玻璃长虹，
过山有白云艨艟。
胆敢如草书骄纵，
不拘一格醉和疯。

灵魂剔透心玲珑，
永远天真笨如钟。
朝来睁眼夜来梦，
一生自由地枯荣。

当头凛冽寒风，梅花以寡敌众，
他说这冬啊，是春的前锋。
天降大雪，当作止痛，
再拔剑，再挽弓，再无裂缝。

一朝栖枝食叶，一朝化作蝶龙，
他说这夜啊，是昼的蚕蛹。
破茧而出，轻如大鹏，
多翩翩，多难得，再不负重。

君不见

铺陈天地的恢宏，
去书写自由卷宗。
身后文字作斗篷，
羲和车撞广寒宫。

当头凛冽寒风，梅花以寡敌众，
他说这冬啊，是春的前锋。
天降大雪，当作止痛，
再拔剑，再挽弓，再无裂缝。

一朝栖枝食叶，一朝化作蝶龙，
他说这夜啊，是昼的蚕蛹。
破茧而出，轻如大鹏，
多翩翩，多难得，再不负重。

能有风吹草动，就有海啸山崩，
他说这恨啊，是爱的真容。
我要同哭，不要读懂，
君不见，君不见，我的眼红。

同名音乐 2023 年上线

君不见

这首《君不见》作为一个美好的祝愿，
赠予阅读之人和自己。
虽不知文本面前的你在阅读之时，
能否听见这一演唱的作品，
但至此，你已经读完全部的我了。

感谢所有读者！